国家出版基金项目
NATIONAL PUBLICATION FOUNDATION

记住乡愁

——留给孩子们的中国民俗文化

刘魁立◎主编

第五辑 口头传统辑（一）

阿诗玛

王 丹◎编著

本辑主编 林继富

黑龙江少年儿童出版社

编委会

序

亲爱的小读者们，身为中国人，你们了解中华民族的民俗文化吗？如果有所了解的话，你们又了解多少呢？

或许，你们认为熟知那些过去的事情是大人们的事，我们小孩儿不容易弄懂，也没必要弄懂那些事情。

其实，传统民俗文化的内涵极为丰富，它既不神秘也不深奥，与每个人的关系十分密切，它随时随地围绕在我们身边，贯穿于整个人生的每一天。

中华民族有很多传统节日，每逢节日都有一些传统民俗文化活动，比如端午节吃粽子，听大人们讲屈原为国为民愤投汨罗江的故事；八月中秋望着圆圆的明月，遐想嫦娥奔月、吴刚伐桂的传说，等等。

我国是一个统一的多民族国家，有56个民族，每个民族都有丰富多彩的文化和风俗习惯，这些不同民族的民俗文化共同构筑了中国民俗文化。或许你们听说过藏族长篇史诗《格萨尔王传》

中格萨尔王的英雄气概、蒙古族智慧的化身——巴拉根仓的机智与诙谐、维吾尔族世界闻名的智者——阿凡提的睿智与幽默、壮族歌仙刘三姐的聪慧机敏与歌如泉涌……如果这些你们都有所了解，那就说明你们已经走进了中华民族传统民俗文化的王国。

你们也许看过京剧、木偶戏、皮影戏，看过踩高跷、耍龙灯，欣赏过威风锣鼓，这些都是我们中华民族为世界贡献的艺术珍品。你们或许也欣赏过中国古琴演奏，那是中华文化中的瑰宝。1977年9月5日美国发射的"旅行者1号"探测器上所载的向外太空传达人类声音的金光盘上面，就录制了我国古琴大师管平湖演奏的中国古琴名曲——《流水》。

北京天安门东西两侧设有太庙和社稷坛，那是旧时皇帝举行仪式祭祀祖先和祭祀谷神及土地的地方。另外，在北京城的南北东西四个方位建有天坛、地坛、日坛和月坛，这些地方曾经是皇帝率领百官祭拜天、地、日、月的神圣场所。这些仪式活动说明，我们中国人自古就认为自己是自然的组成部分，因而崇信自然、融入自然，与自然和谐相处。

如今民间仍保存的奉祀关公和妈祖的习俗，则体现了中国人崇尚仁义礼智信、进行自我道德教育的意愿，表达了祈望平安顺达和扶危救困的诉求。

小读者们，你们养过蚕宝宝吗？原产于中国的蚕，真称得上伟大的小生物。蚕宝宝的一生从芝麻粒儿大小的蚕卵算起，中间经历蚁蚕、蚕宝宝、结茧吐丝等过程，到破茧成蛾结束，总共四十余天，却能为我们贡献约一千米长的蚕丝。我国历史悠久的养蚕、丝绸织绣技术自西汉"丝绸之路"诞生那天起就成为东方文明的传播者和象征，为促进人类文明的发展做出了不可磨灭的贡献！

小读者们，你们到过烧造瓷器的窑口，见过工匠师傅们拉坯、上釉、烧窑吗？中国是瓷器的故乡，我们的陶瓷技艺同样为人类文明的发展做出了巨大贡献！中国的英文国名"China"，就是由英文"china"（瓷器）一词转义而来的。

中国的历法、二十四节气、珠算、中医知识体系，都是中华民族传统文化宝库中的珍品。

让我们深感骄傲的中国传统民俗文化博大精深、丰富多彩，课本中的内容是难以囊括的。每向这个领域多迈进一步，你们对历史的认知、对人生的感悟、对生活的热爱与奋斗就会更进一分。

作为中国人，无论你身在何处，那与生俱来的充满民族文化DNA 的血液将伴随你的一生，乡音难改，乡情难忘，乡愁恒久。这是你的根，这是你的魂，这种民族文化的传统体现在你身上，是你身份的标识，也是我们作为中国人彼此认同的依据，它作为一种凝聚的力量，把我们整个中华民族大家庭紧紧地联系在一起。

《记住乡愁——留给孩子们的中国民俗文化》丛书，为小读者们全面介绍了传统民俗文化的丰富内容：包括民间史诗传说故事、传统民间节日、民间信仰、礼仪习俗、民间游戏、中国古代建筑技艺、民间手工艺……

各辑的主编、各册的作者，都是相关领域的专家。他们以适合儿童的文笔，选配大量图片，简约精当地介绍每一个专题，希望小读者们读来兴趣盎然、收获颇丰。

在你们阅读的过程中，也许你们的长辈会向你们说起他们曾经的往事，讲讲他们的"乡愁"。那时，你们也许会觉得生活充满了意趣。希望这套丛书能使你们更加珍爱中国的传统民俗文化，让你们为生为中国人而自豪，长大后为中华民族的伟大复兴做出自己的贡献！

亲爱的小读者们，祝你们健康快乐！

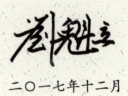

二〇一七年十二月

云南石林里的『阿诗玛』

云南石林里的"阿诗玛"

在云南石林彝族自治县，石头组成的"森林"景观神奇壮丽。在石林内有一泓碧波粼粼的湖水，湖畔屹立着一座秀丽俊美的石峰，每天都吸引着无数游客前来观赏、留影。看那闻名遐迩的阿诗玛石峰，它颀长高挑儿的身段、绰约多姿的体态，还有那花包头和身后的背篓，多像一位彝族撒尼[①]少女呀！

|石林|

---

①撒尼：彝族的一个支系，世代居住于石林。

|阿诗玛雕像|

是昆明所辖的远郊县，距离昆明市区78千米，后因县内的世界自然遗产石林地质公园而改名。石林彝族自治县是彝族撒尼人最大的聚居区。它的东部和南部与红河哈尼族彝族自治州泸西县、弥勒县接壤，北部与曲靖市陆良县毗邻，西部和西北部与昆明市宜良县相连，撒尼人也散居于这些地方。另外，

地处滇东的石林彝族自治县，原名路南彝族自治县，

|石林乡间|

石林城区

文山壮族苗族自治州丘北县等地亦有撒尼人居住。

这一带为喀斯特地貌，有高原丘陵、低山、洼地、盆地、石丘、石林、石芽原野、峰丛和溶洞、湖泊、河谷等多种自然景观。石林圭山、月湖，宜良九乡溶洞，泸西阿庐古洞，丘北普者黑风景区等都是闻名于世的景区。

这里气温适宜，森林覆盖率高，属亚热带低纬高原山地季风气候，具有"冬无严寒、夏无酷暑、四季如春、干湿分明"的特点。

一丛丛石峰耸立在万里松涛中，彝族撒尼村寨坐落其中，歌声缭绕，回声荡漾，造就了优美动人的阿诗玛的故事。

阿诗玛是谁？

| 阿诗玛是谁? |

阿诗玛是彝族撒尼人口头创作和讲唱的叙事长诗《阿诗玛》中美丽、勇敢、聪慧、善良的女主人公。

早在公元 2 世纪,滇池一带就是彝族先民活动的中心。到了公元 3 世纪,其活动区域逐渐扩展到滇东北、滇南及贵州、广西一带,并与其他民族杂居融合,形成了众多的支系。其中,居住在石林、泸西、陆良、宜良、丘北一带的彝族多为撒尼人。

撒尼人非常崇拜老虎,有自己的语言和文字。在撒尼语里,"罗"是虎的意思,

阿诗玛与石林

"倮"是龙的意思，因此他们也自称为"罗倮"，意为像龙和虎一样勇猛而不可战胜的民族。撒尼彝语属汉藏语系藏缅语族彝语支，《阿诗玛》的最初形态就是用撒尼彝语传唱下来的。

撒尼人命名有一定的规则，且赋予一定的含义。"阿"是人名的前缀，撒尼人前辈称呼晚辈时常在名字前面加"阿"。"诗"在撒尼彝语中有蛇、金、黄等意思。"玛"附在名字后，表示女性。关于"阿诗玛"这个名字，有两种不同的说法：一是表示出生时辰，阿诗玛为"蛇年蛇月蛇日生"；二是表示疼爱、金贵之意，父母视其为掌上明珠："父老乡

乃古石林花海

石林长湖镇中心学校彝文教材

撒尼女童

亲们，我囡起啥名，快些来起吧！""你囡美似金，就叫阿诗玛吧！"

就这样，美丽善良的阿诗玛诞生了。

阿诗玛的故事

阿诗玛的故事

撒尼人喜欢讲故事，也善于讲故事。撒尼人中广泛流传着这样一则故事：

从前有个叫阿着底的地方，贫苦的格路日明家生了一个可爱的姑娘，阿爹和阿妈希望女儿像金子一样发光，因此给她起名叫"阿诗玛"。阿诗玛渐渐长大了，像一朵艳丽的美伊花，真是"绣花包头头上戴，美丽的姑娘惹人爱；绣花围腰亮闪闪，小伙子看她看花了眼"。她清脆响亮的歌声经常把附近的小伙子都吸引过来。此外，她绣花、织麻样样拿手，在小伙子眼中，她就像石竹花一样美丽动人。

阿诗玛与阿黑

阿黑是一个勇敢而聪明的小伙子。他的父母在他12岁时因被土司虐待而相继死去，他则被财主热布巴拉抓去当苦力。一天，他为主人上山采摘鲜果时不小心迷了路，正在这时，他遇到了放羊的小姑娘阿诗玛，她把阿黑领回家。后来这个勇敢聪明的小伙子被阿诗玛的阿爹、阿妈收养为义子。从此，阿黑和阿诗玛成了两小无猜，相亲相爱的兄妹。

渐渐地，阿黑长成了大小伙子。他的性格像高山上的青松——断得弯不得，这也成为其他撒尼小伙子的榜样。人们唱歌夸赞他：

圭山的树木青松高，
撒尼小伙子阿黑最好。
万丈青松不怕寒，
勇敢的阿黑吃过虎胆。

阿黑不仅十分勤劳，而且很会种庄稼。他种的苞谷总是比别人家的密，谷穗也比别人家的长；他上山砍柴，总是比别的小伙子砍得多；他从小爱骑马，训练过的马骑起来矫健如飞；他挽弓射箭，百发百中，他的义父格路日明把神箭传给了他，这使他如虎添翼。

阿黑喜欢唱歌，他的歌声非常嘹亮；他喜欢吹笛子和弹三弦，他吹出的笛声格外悠扬，他弹出的弦曲格外动听。这么优秀的阿黑不知吸引过多少姑娘。在一次火把节上，阿黑与阿诗玛互相倾诉了爱慕之情。然后，这对异姓兄妹便互许了终身。

一天，阿诗玛欢喜地去赶集，不料却被热布巴拉的儿子阿支看中了，他想娶阿诗玛做媳妇，便回家央求父亲，要他请媒人为他提亲。热布巴拉早就听说过阿诗玛的美名，他答应了儿子的请

撒尼人的生活写照

求，并请了有权有势的海热当媒人，到阿诗玛家提亲。海热到了阿诗玛家，用他那三寸不烂之舌夸赞热布巴拉家如何富有，阿诗玛嫁过去会怎样享福……阿诗玛听了之后却说："热布巴拉家不是好人家，他家就是栽起鲜花引蜜蜂，蜜蜂也不会理它。清水不和浑水一起，绵羊不能伴豺狼。"阿诗玛的回答惹恼了海热，他威胁道："热布巴拉家是阿着底有钱有势的人家，热布巴拉的脚跺两跺，阿着底的山都要摇三摇，你要是不嫁过去，当心丢了家。"可阿诗玛不管海热怎样说，就是不嫁。

转眼间，秋天到了，阿着底草枯水冷，羊儿吃不饱肚子，阿黑要赶着羊群到很远的地方去放牧。阿黑向阿

诗玛告别后，就依依不舍地离开了。阿黑走后，热布巴拉便起了歹心，派来如狼似虎的打手和家丁抢走了阿诗玛。他想让阿诗玛磕了头，吃了酒，将生米煮成熟饭，这样她不嫁也得嫁。阿诗玛忠于她与阿黑的感情，被抢到热布巴拉家以后，不管热布巴拉夫妇如何威逼利诱，始终不从，拒绝与阿支成亲。热布巴拉捧出金银财宝，指着谷仓和牛羊对阿诗玛说："你只要依了阿支，这些就都是你的。"阿诗玛瞧也不瞧，轻蔑地说："这些我不稀罕，我就是不嫁。"阿支绷着瘦猴似的脸，眨了眨眼睛，恶狠狠地骂道："你不答应嫁给我，就把你家赶出阿着底！"阿诗玛毫不畏惧地说："大话吓不了人，阿

着底不是属于你一家的。"热布巴拉见阿诗玛软硬不吃，恼羞成怒，命令家丁用皮鞭狠狠地抽打阿诗玛，直把她打得遍体鳞伤。热布巴拉的老婆咒骂阿诗玛是"生来的贱薄命，有福不会享"。阿诗玛被关进了黑牢，但她坚信，阿黑一定会来救她。

一天，阿黑正在山里牧羊，阿着底报信的人找到了他，告诉他阿诗玛被抢走的消息。阿黑闻讯后，很为阿诗玛的安危担心，他跃马扬鞭，日夜兼程，跨山涧、过险崖，从远方赶回家来搭救阿诗玛。

他来到热布巴拉家门口，阿支紧闭铁门不准他进，提出要与阿黑对歌，唱赢了才准进门。阿支坐在门楼上，阿黑坐在果树下，两人对歌对了三天三夜。阿支缺才少智，越唱越没词，急得脸红脖子粗，声音也变得像癞蛤蟆叫似的，越来越难听；而有才有智的阿黑，越唱越起劲，面带笑容，歌声响亮。见阿黑唱赢了，阿支只得让他进了大门。但一提到阿诗玛，阿支刁难阿黑，要和阿黑比赛砍树、接树、撒种。说起这些活计，阿支哪有阿黑熟练，阿黑件件都胜过了阿支。热布巴拉眼看难不住阿黑，便想出一条毒计，皮笑肉不笑地假意说："天已经不早了，你先好好睡一觉，明天再送你和阿诗玛一起走吧！"阿黑答应了，半夜，热布巴拉指使他的家丁放出三只老虎，企图伤害阿黑。阿黑早有防备，当老虎张开血盆大口向他扑来时，他拿出弓箭，连射三箭，射死了三只老虎。第二天，热布巴拉父子见老虎死了，再也无计可施，只好答应放了阿诗玛。可当阿黑走出大门等候时，热布巴拉又关上了大门，食言抵赖，不肯放了阿诗玛。

阿黑忍无可忍，立刻张弓搭箭，一连射出三箭。第一箭射在大门上，大门立即被射开；第二箭射在堂屋柱子上，房屋被震得嗡嗡响；第三箭射在供桌上，震得供桌摇摇晃晃。热布巴拉吓坏了，连忙命令家丁拔下供桌上的箭。可是，那支箭好像生了根似的，没人能够拔下来。他只好叫人打开黑牢门，放出阿诗玛，向她求情道："只要你把箭拔下来，我马上就放你回家。"阿诗玛鄙

夷地看了热布巴拉一眼，走上前去，像摘花一样，轻轻松松拔下了箭，然后同阿黑一起，离开了热布巴拉家。

热布巴拉父子眼巴巴地看着阿黑领走了阿诗玛，心中很不服气，但又不敢去阻拦。心肠歹毒的热布巴拉父子不肯罢休，又想出一个丧尽天良的毒计。他们知道，阿黑和阿诗玛回家，要经过十二崖子脚，便勾结崖神，要把崖子脚下的小河变大河，淹死阿黑和阿诗玛。热布巴拉父子带着家丁，赶在阿黑和阿诗玛过河之前，趁山洪暴发把小河上游的岩石扒开放水。正当阿黑和阿诗玛过河时，滚滚洪水奔来，阿诗玛被卷进急流，阿黑只听到阿诗玛喊了声"阿黑哥来救我"，就再也没见到她

的踪影。

阿黑挣扎着上了岸，到处寻找阿诗玛。他找哇找，一直找到天空放晴，找到大河又变成小河，都没有找到阿诗玛。他大声地呼喊："阿诗玛！阿诗玛！阿诗玛！"可是，只听到那十二崖子顶回答同样的声音："阿诗玛！阿诗玛！阿诗玛！"

原来，十二崖子上的应山歌姑娘，见阿诗玛被洪水卷走，便跳入急流，救起了阿诗玛，并把阿诗玛变成了一座石峰，成了抽牌神（回声神）。从此，你怎样喊她，她就怎样回答。

自从失去了阿诗玛，阿黑时时刻刻都在想念着她。每天吃饭时，他盛着苞谷饭，端着饭碗走出门，对着石崖子喊："阿诗玛！阿诗玛！"那站在石崖子上的阿诗玛便应声："阿诗玛！阿诗玛！"

|阿诗玛的故事
绘图|

阿爹、阿妈出去做活的时候，对着石崖子喊："爹妈的女儿呀，好阿诗玛！"那站在石崖子上的阿诗玛同样地应声："爹妈的女儿呀，好阿诗玛！"

小伴们站在石崖子下，对着石崖子上的阿诗玛弹三弦、吹笛子、唱山歌，那石崖子上的阿诗玛也会应和着美妙的弦音、悠扬的笛声唱起山歌。

阿诗玛的身影已经化成石头。她的声音永远回荡在石林之间，永远和乡亲们相伴相守。

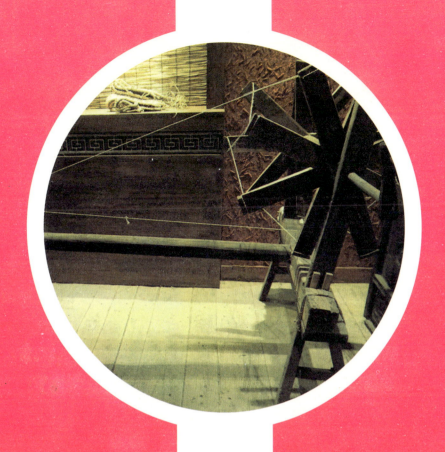

叙事长诗《阿诗玛》

| 叙事长诗《阿诗玛》 |

撒尼人热爱歌唱，儿时唱童谣，青年时唱情歌，中年时唱"哭吼调"，老年时唱古歌，歌声伴随整个撒尼人的人生旅程。生活在诗歌的环境中，撒尼人有着丰富的创作叙事诗的经验和传统。《阿诗玛》《圭山彩虹》《逃到甜蜜的地方去》《放羊人诗郎苦》《竹叶长青》等都是他们千百年来共同创作、传承、享用的经典诗篇。撒尼人通过对爱情、婚姻和家庭的唱述来反映他们的社会生活和思想情感。《阿诗玛》讲唱的便是阿诗玛不畏强权，坚决斗争的故事。

《阿诗玛》一共十三章，

| 撒尼剧《竹叶长青》|

| 撒尼民间叙事长诗《阿诗玛》|

| 《阿诗玛》展示馆 |

采用严整的撒尼彝语五言诗句，借助顺叙、倒叙、插叙等不同的叙事手法唱述阿诗玛的故事，被撒尼人称为"我们民族的歌"。

第一章《应该怎样唱呀》相当于"歌头"，是歌手的谦辞。比如开头唱道：

破竹成四块，

划竹成八片，

多好的竹子呀，

拿来做口弦。

口弦轻轻地响，
弹出心里的话。
多好的声音呀，
爱它和宝贝一样。

石头脚下蜂盘窝，
酿出蜂蜜甜又香。
可是，我不会盘呀，
我也不会酿。

塘边树草长得旺，
四月布谷唱得忙。
可是，我不会长呀，
我也不会唱。

弯曲的老树难成材，
好听的调子唱不来，
不会唱的我呀，
又轮到我把口开。

……

以破竹做口弦为开头，要唱出心中的歌，可又用蜜蜂盘窝酿蜜、草木生长、布谷歌唱比较，自谦是"老树难成材""好听的调子唱不来"这段唱词迂回婉转，欲说还休，欲扬先抑，引出后面的故事。

第二章《在阿着底地方》介绍和描写阿诗玛家乡的环境及家庭情况。

在撒尼族阿着底地方，

口弦

27

在阿着底的上边，
有三块地无人种，
三所房子无人烟。

那三块地留给谁种？
要留给相好的人种。
那三所房子留给谁住？
要留给相好的人住。

没吃过的水有三塘，
塘水清又亮，
三塘水留给谁吃？
要留给相好的人吃。

没有人绕过的树有三丛，
树丛绿茸茸。
三丛树留给谁绕？
要留给相好的人绕。

格路日明夫妻俩，
绕过树丛穿过塘，
就在这里安了家，

种着山地住着房。
……

撒尼彝语"阿着底"的"阿"意为"水"，"着底"意为"平坦、开阔的土地"。据说，"阿着底"即现在的云南大理。相传撒尼人原来住在大理，后迁到昆明碧鸡关，因反抗租佃压迫失败，最后迁至路南县圭山区。《在阿着底地方》用鲜明的对比手法描述了阿诗玛故事中的两户人家——劳动人民格路日明家和财主热布巴拉家。

格路日明家，
花开蜜蜂来，
蜜蜂嗡嗡叫，
忙着把蜜采。

院子里的松树直挺挺，
生下儿子像青松；
场子里的桂花放清香，

生下姑娘像花一样。

阿着底的下边，
住着热布巴拉家，
这家人没良心，
蚂蚁都不敢进他的门。

热布巴拉家，
有势有钱财，
就是花开蜂不来，
就是有蜜蜂不采。

场子里的树长得格权权，
生下个儿子长不大，
他叫阿支，阿支就是他，
他像猴子，猴子更像他。

第三章《天空闪出一朵花》和第四章《成长》以时间为顺序，运用排比、递进、夸张等艺术手法，欢快地唱述阿诗玛的出生和成长过程。

天空闪出一朵花，
天空处处现彩霞，
鲜花落在阿着底的上边，
阿诗玛就生下地啦。

撒尼的人民，
一百二十个欢喜，
撒尼的人民，
一百二十个高兴。

没有割脐带的，
去到陆良拿白犁铧，
没有盆来洗，
去到泸西买回家。

泸西出的盆子，
盆边镶着银子，
盆底嵌着金子，
小姑娘赛过金子、银子。

三塘水又清又亮，
三塘水都给了小姑娘，

一个塘里舀三瓢，
洗得小姑娘又白又胖。

脸洗得像月亮白，
身子洗得像鸡蛋白，
手洗得像萝卜白，
脚洗得像白菜白。

……

阿诗玛是撒尼人共同的女儿。撒尼人把所有的美好、所有的赞赏、所有的喜爱都投注到她的身上。甜美的阿诗玛长得快、懂事早，楚楚惹人疼爱。

小姑娘日长夜大了，
长到三个月，
就会笑了，
笑声就像知了叫一样。
爹爹喜欢了一场，
妈妈喜欢了一场。

小姑娘日长夜大了，

长到五个月，
就会爬了，
爬得就像耙齿耙地一样。
爹爹喜欢了一场，
妈妈喜欢了一场。

小姑娘日长夜大了，
长到七个月，
就会跑了，
跑得就像麻团滚一样。
爹爹喜欢了一场，
妈妈喜欢了一场。

……

阿诗玛从小热爱劳动，她六七岁就会"帮母亲绕麻线了"，八九岁便"拿着镰刀挖苦菜去了"。阿诗玛身上具备撒尼人智巧善良、勤恳朴实、爱家敬老的优良品德，成了爹妈的贴心小棉袄。"谁帮爹爹的苦？谁疼妈妈的苦？因帮爹爹的苦，因疼妈妈的苦"。

小姑娘日长夜大了，
不知不觉长到十二岁了。
小姑娘走路谁做伴？
水桶就是她的伴；
小姑娘站着谁做伴？
锅灶就是她的伴。

小姑娘日长夜大了，
不知不觉长到十四岁了。
手中拿棍子，
头上戴笠帽，
和小伴放羊去了。

荒山上面放山羊，
荒山上面放绵羊，
风吹草低头，
羊群吃草刷刷响。

大树底下好乘凉，
小伴做活忙，
拼起五彩布，
做成花衣裳。

微风轻轻地吹，
传来松子的香味，
一面做活，一面讲知心话，
个个都夸奖阿诗玛。
……
长大成人的阿诗玛心灵
手巧，能歌善舞，是爹妈的
好女儿、伙伴的好姐妹、男
青年的意中人。

公房四方方，
中间烧火塘，
火塘越烧越旺，
歌声越唱越响。

谁把小伙子招进公房？
阿诗玛的歌声最响亮。
谁教小伴织麻缝衣裳？
阿诗玛的手艺最高强。

阿诗玛疼爱小伴，

小伴疼爱阿诗玛，
她离不开小伴，
小伴也离不开她。

阿诗玛呵，
可爱的阿诗玛，
在小伴们身旁，
你像石竹花一样清香。

妈的女儿呵，
爹的女儿呵，
在父母身旁，
你像白花草一样生长。

……

阿着底地方的青年，
都偷偷地把她恋，
没事每天找她三遍，
有事每天找她九遍。

好女家中坐，

双手戴银镯，
镯头叮当响，
站起来四方亮。

阿诗玛的名字，
普天下都传扬，
有名的阿诗玛呵，
她是个好姑娘！

"阿诗玛的美名，热布巴拉家不出门也听见，阿诗玛的影子，热布巴拉家做梦也看见。"叙事诗第五章《说媒》唱述了好姑娘阿诗玛被热布巴拉家看上，热布巴拉用丰厚的酬金请来能说会道的媒人海热，为儿子阿支前去说媒，老奸巨猾的海热与阿诗玛还有她忠诚老实的父母展开了一场智慧的较量。其中大量运用对比、夸张、排比、比喻等手法。

热布巴拉家：

"阿诗玛的美名人人夸，
阿诗玛应该归我家。
你是普天下的官，
做媒的事要劳你的驾。"
……
海热：
"阿诗玛的爹妈，
就是一千个不喜欢，
一万个不甘愿，
我也要把他们说转。"

"阿诗玛的哥哥，
就是本事再大，
力气再大，
我们也有办法。"

讨厌的猴子下山来，
是为了偷吃庄稼；
讨厌的海热到阿着底来，
是为了劝说阿诗玛。

"玉麦熟了，

就该摘了，
阿诗玛大了，
就该嫁了。"

阿诗玛的爹妈面对海热的威逼利诱，坚定地表示"我舍不得把女儿出嫁"；即便要出嫁，也应该是"嫁是要嫁了，给是要给了，要嫁好人家，不嫁坏人家"。阿诗玛放牛回来，她的想法和爹妈一致，"清水不愿和浑水在一起，我绝不嫁给热布巴拉家，绵羊不愿和豺狼作伙伴，我绝不嫁给热布巴拉家"；"不嫁就是不嫁，九十九个不嫁，有本事来娶，有本领来拉！"

几番说媒不成，热布巴拉家便趁阿诗玛的义兄阿黑不在家，带领人马抢走了阿诗玛。第六章《抢亲》唱道：
"人马像黑云，

地上腾黄尘，
热布巴拉家，
厚脸来抢亲
……
狂风卷进屋，
竹篱挡不住；
石岩往下滚，
草房立不稳；
可爱的阿诗玛，
被人往外拉！"

可怜的阿诗玛拼命挣扎，大声呼喊：

"热布巴拉家势力大，
不能一辈子压住阿诗玛。
爹呀，
妈呀，
快叫哥哥阿黑回来吧，
快叫哥哥阿黑救妹吧，
只要他赶到，
我就一定能回家！"

阿诗玛即使被恶人胁迫，也依然坚韧不屈，发出了强烈的呼救声。

伤心的格路日明夫妇听到了女儿的呼喊，心如刀绞。第七章《盼望》悲情地唱述失去了女儿的格路日明夫妇日夜思念阿诗玛，急切盼望义子阿黑归来救妹的心情。

"天空的玉鸟啊，替我们传句话：要阿黑快点回家，救他的亲妹阿诗玛。"

哥哥阿黑为了生活，到远方放羊去了，"别人不去的地方他也去了，别人不到的地方他也到了，翻过十二座大山，一直放到大江边"。不过，尽管二人相隔万水千山，但却心有灵犀。第八章《哥哥阿黑回来了》唱道：

"哥哥阿黑呀，
半夜做怪梦，
梦见家中院子被水淹，
大麻蛇盘在堂屋前。

哥哥阿黑呀,
担心出了什么事情,
不分白天和黑夜,
三天三夜就赶回了家门。"

阿黑在匆忙询问了父母亲人后,"背起弓和箭,跳上了黄骠马,铃子敲在马脸上,阿黑飞赶阿诗玛。"

第九章《马铃响来玉鸟唱》唱述阿诗玛被抢后,阿黑对她的思念以及奋力追赶的情形。阿诗玛被一群人拥着前往热布巴拉家。一路上,嘴尖舌巧的海热不停地向阿诗玛炫耀热布巴拉家的权势和富有,阿诗玛均嗤之以鼻,

厉言以对。到了热布巴拉家,"阿支看见阿诗玛,猴子眼睛乱眨巴",他先是巴结讨好,怎料"金子亮晃晃,银子白闪闪,阿诗玛笑也不笑,阿诗玛瞧也不瞧",之后便威胁道:"好强的姑娘啊,你要是再不搭理,就把你爹妈赶出阿着底。"阿诗玛没有丝毫畏惧,坚定地表示:"钱蒙不了心,大话吓不了人,阿着底不属你一家,那三块地、三间房的主人是我们。"听到这话,热布巴拉"气得乱跳像青蛙",见阿诗玛软硬不吃,无计可施的

《阿诗玛》中"马铃响来玉鸟唱"

他就将阿诗玛绑进了黑牢。

晒干了的樱桃辣（一种状似樱桃的辣椒），

比不上狠毒的热布巴拉，

他把阿诗玛关进黑牢，

要强迫阿诗玛嫁给他家。

在阿诗玛受苦遭罪的同时，哥哥阿黑心急如焚，他乘马疾驰，快马加鞭，追赶妹妹阿诗玛。

玉鸟天上叫，

太阳当空照，

阿黑满头汗，

急追猛赶好心焦。

这山蹿到那一山，

两天当作一天赶，

翻过数不清的峰峦，

跳过数不清的深涧。

赶到一个三家村，

遇见一个拾粪的老人，

"拾粪的老大爹，

有没有看见我家阿诗玛？"

"阿诗玛我没有看见，

讨媳妇的倒是过了一蓬人，

穿着绸缎衣，

好像一堵黑云。"

"去了几天了？"

"两天两夜了。"

"可还追得着？"

"得力的马就追得着。"

"翻过十二座大山，

跳过十二条大涧，

穿过黑松林，

你就看得见。"

阿黑翻身跳上马，

挥鞭朝着马身上打，

照着老大爹指的方向，
飞赶阿诗玛。

……

玉鸟天上叫，
太阳当空照，
阿黑满身大汗，
急追猛赶好心焦。

一口气跑了两座山，
两口气跑了五座山，
马嘶震动山林，
四蹄如飞不沾尘。

走到一个两家村，
见着一个放牛的老大妈，
"放牛的老大妈，
有没有看见我家阿
诗玛？"

"阿诗玛我没有看见，

讨媳妇的倒是过了一
蓬人，
穿着绸缎衣，
好像一堵黑云。"

"去了几天了？"
"一天一夜了。"
"可还追得着？"
"得力的马就追得着。"

"再过三十个岭岗，
你可能追得上。
三十个岭岗追不上，
再追到七十个岭岗。"

"七十个岭岗追不上，
你再追到九十个岭岗，
黑松林下蜜蜂叫，
你就可能追得上。"

阿黑翻身跳上马，
挥鞭打着马嘴巴，

照着老大妈指的方向，
一飞赶阿诗玛。

……

玉鸟天上叫，
太阳当空照，
阿黑满身大汗，
急追猛赶好心焦。

两天路程一天追，
只见树林往后飞，
五天路程两天赶，
只见山坡朝后退。

走到一个独家村，
见着一个放羊的娃娃，
"放绵羊的小兄弟，
有没有看见我家阿
诗玛？"

"阿诗玛我没有看见，

讨媳妇的倒是过了一
蓬人，
穿着绸缎衣，
好像一堵黑云。"

"去了几天了？"
"半下午时间。"
"可还追得着？"
"得力的马就追得着。"

"打马七十二下，
就到十二崖子脚，
大喊三声阿诗玛，
你就追上她。"

……

叙事诗用三段结构相
同、句式相仿、内容相近的
诗句描写了阿黑追赶时的决
心和速度。终于，"功夫不
负有心人"，他离阿诗玛越
来越近了。

别人不敢走的地方阿黑

敢走，

　　别人不敢过的山涧阿黑

敢过。

　　马铃响来玉鸟叫，

　　阿黑来到了热布巴拉家。

　　阿黑大声呼喊阿诗玛，

阿诗玛以吹口弦的方式回答

哥哥的召唤。阿黑的声音"像

山崩地震，像风啸雷打，震

动了热布巴拉一家人"。

　　热布巴拉家怎会善罢甘

休，轻易放手？第十章《比

赛》讲道："阿支关起大铁门，

拦住阿黑不准进"，还要与

阿黑赛歌。阿黑信心十足，

"我做事不亏理，定能唱得

赢，你做事理不正，关不住

这道门"。

　　阿支坐在墙头，

　　阿黑坐在果树下，

　　一个急开口，

　　一个慢回答。

　　"春天的季鸟，

　　什么是春季鸟？"

　　"布谷是春季鸟，

　　布谷一叫，

　　青草发芽，

　　春天就来到。"

　　"夏天的季鸟，

| 《阿诗玛》中
《赛歌》|

什么是夏季鸟？"

"叫天子是夏季鸟，
叫天子一叫，
荷花开放，
夏天就来到。"

"秋天的季鸟，
什么是秋季鸟？"

"阳雀是秋季鸟，
阳雀一叫，
天降白霜，
秋天就来到。"

"冬天的季鸟，
什么是冬季鸟？"

"雁鹅是冬季鸟，
雁鹅一叫，
大雪飘飘，
冬天就来到。"

唱了一天另一夜，
阿支脸红脖子大，
越唱越没劲，
声音就像癞蛤蟆。

唱了一天另一夜，
阿黑从容面含笑，
越唱越有神，
声音就像知了叫。

阿支唱得一句不剩，
阿黑又放开了歌声，
"山林果树上的刺，
是什么人来生成？
绵羊山羊的屎，
是什么人来做成？"

阿支唱不过，答不上，
"只得把门开，把阿黑请进来"。可热布巴拉又给阿黑出难题，要阿黑与他们父子俩比赛砍树、接树、撒种、拾种、寻找细米，阿黑都一一获得了胜利。

第十一章《打虎》讲得胜的阿黑要救阿诗玛，热布巴拉家却言而无信，先是献殷勤假意留宿阿黑，却在半夜放虎谋害他。怎料"三只老虎冲上楼，阿黑闪过楼梯口，嗖嗖三箭射过去，老虎立刻倒下地"。等到天亮，当三只老虎从楼上滚下，阿黑站在楼口伸懒腰的时候，"阿支吓得脸发白，热布巴拉脸发青，阿支浑身不停地抖，热布巴拉抖不停"。他们战战兢兢，使劲讨好。最后，"热布巴拉两父子，吓得全身打哆嗦，万般毒计都用过，该让妹妹见哥哥"。

然而，热布巴拉家还是不肯放出阿诗玛。面对一再食言的热布巴拉家，阿黑愤怒了。第十二章《射箭》

唱述英勇的阿黑使出威力，拉弓射出三支箭，分别钉在热布巴拉家的大门、堂屋柱子和堂屋供桌上。

> 阿黑要见阿诗玛，
> 要带妹妹转回家，
> 阿黑备马出大门，
> 回头还不见阿诗玛。

> 热布巴拉变了卦，
> 还是不放阿诗玛，
> 大门紧紧闭，
> 内外不通话。
> ……
> 全家来拔箭，
> 箭像生了根，
> 五条牛来拖，
> 也不见动半分。

> 所有的办法都用尽，
> 一箭更比一箭深，
> 还是请求阿诗玛，

求她快把金箭拔。

……

实在没有办法了，热布巴拉又去死皮赖脸地央求阿诗玛，并许诺道："阿诗玛呀阿诗玛，求你快把金箭拔，我认输来你家赢，一定让你转回家。"阿诗玛则骄傲而倔强地回应道："你有本事做坏事，就该有本事把箭拔。"在热布巴拉的一再承诺下，阿诗玛替热布巴拉家拔下了箭，准备和哥哥回家去。

阿诗玛喊着哥哥的名字，
拔箭就像摘下花一朵，
热布巴拉把大门打开，
阿诗玛就见到了哥哥。

可是，热布巴拉家仍然不甘心失败，他们想到阿黑兄妹回家一定要路过十二崖子脚，便去求洪水神，让他用山洪卷走阿诗玛，迫使他们兄妹分离。第十三章《回声》中唱道：

满天起黑云，
雷声震天裂，
急风催骤雨，
大雨向下泼。

走到十二崖子脚，
小河顷刻变大河，
不尽洪水滚滚来，
兄妹二人不能过。

哥哥走在前，
妹妹过不了河，
妹妹走在前，
哥哥过不了河。

哥哥拉着妹妹，
妹妹拉着哥哥，
阿诗玛说：
"不管，我们一起过。"

兄妹两人啊，

不管小河还是大河，

不管水浅还是水深，

都要一起过。

洪水滚滚来，

河上起大波，

可爱的阿诗玛，

卷进了大漩涡。

雨声响嘀嘀，

河水响嘀嘀，

好像妹妹喊哥哥：

"阿黑哥呀赶快来

救我！"

十二崖子上住着另一位

叫诗卡都勒玛的姑娘，她不堪恶毒的公婆的折磨，逃到了这里。从此，亲人怎样呼唤她，她就怎样回应，所以被叫做"应山歌"。"听见阿诗玛的呼喊，看见阿诗玛被洪水卷走，应山歌姑娘啊，她又是着急，又是难过……她投入漩涡，排开了洪水，把阿诗玛救活……两个姑娘去一个屋里住下，两个姑娘亲热地说着知心话，高高的十二崖子顶，开出了一朵并蒂花。"

哥哥阿黑在洪水中翻腾，在漩涡中急转，再也找

《阿诗玛》中《回声》

不到阿诗玛。当他焦急地高声叫喊阿诗玛的名字，十二崖子顶就有人应答同样的声音。哥哥喊，是这样；爹妈喊，是这样；小伙伴喊，也是这样。"从此以后，阿诗玛变成回声了，你怎样喊她，她就怎样回答。"

叙事长诗《阿诗玛》是流传于撒尼人中的一首美丽的歌。《阿诗玛》传唱的版本较多，但无论是哪一个版本，都述说了阿诗玛和阿黑曲折动人的爱情故事，塑造了漂亮、可爱、善良、勇敢的撒尼姑娘阿诗玛的人物形象，表现了彝族人民追求幸福生活的坚强意志和"断得弯不得"的民族性格，歌颂了勤劳智慧的彝族人民反抗邪恶势力的斗争精神。与此同时，《阿诗玛》真实地反映了历史上撒尼人的社会生活，为研究撒尼人的政治、经济、艺术、宗教和风俗提供了宝贵的资料。

撒尼人的文化传统

| 撒尼人的文化传统 |

撒尼人有着悠久的历史和灿烂的文化。撒尼先民曾不断地迁徙，只为寻找理想的生活地，此间，他们不断吸收与之接触、交流的其他民族的优秀文化，进而形成了自己丰富多彩的传统文化。

撒尼人生活的彝区山深林密，地宽物厚，生态多样。高寒山区、喀斯特地貌红土山区与土肥水美的盆地并存。撒尼人的生产方式包括狩猎、畜牧、农耕等形态，这些生产方式在撒尼人的社会历史中留下了深刻的烙印。《阿诗玛》中的英雄人物阿黑不仅擅长打猎射箭，而且能够独自一人背井离乡外出放牧，还精于播种、施

| 撒尼人的狩猎工具 |

肥等农业劳动，他是撒尼男性的代表，是撒尼小伙子的榜样。

圭山的树木青松高，
撒尼小伙子阿黑最好，
万丈青松不怕寒，
勇敢的阿黑吃过虎胆。

大风大雪天，
他砍柴上高山，
石子地上他开荒，
种出的玉米比人壮。

从小爱骑光背马，
不带鞍子双腿夹，
拉弓如满月，
箭起飞鸟落。

阿黑唱山歌，
画眉飞来和，
阿黑吹笛子，
过路马鹿也停脚。

阿黑勤奋好学、懂理知礼、智勇双全，无论是对家庭，还是对他人和社会都极富责任感。每年八月入秋以后，圭山的草木渐渐枯萎，牛、羊、马吃不到鲜嫩的青草，阿黑便把畜群赶到滇南气候相对温暖地方。他们一路跋山涉水，风餐露宿，异常艰辛，一直到第二年三、四月，青草回绿的时候才返回家乡。

"什么做石岩的伴？
黄栗树做石岩的伴。
什么做阿黑的伴？
笛子做阿黑的伴。
笛子有三节，
烙通七个眼，
一眼对着口，
手指来回弹。
五音弹得全，
心事弹不完。

我的亲人啊，

你们有没有听见？"

在远处放羊的阿黑思念家乡，思念爹妈，思念妹妹，他吹笛唱歌以解忧思。阿黑的所思所想是无数游牧在外的撒尼人的真实写照。当梦兆不祥时，他立即日夜兼程赶回家。待得知阿诗玛被热布巴拉家抢走，他来不及歇息，翻身上马，急追而去。

一路上，他以礼待人，获得了许多帮助，追到了热布巴拉家。阿黑有着放牧人的果敢、坚强与魄力，他技艺超群，能力非凡。时至今日，畜牧业依然是撒尼人生活的重要补充。

撒尼人日常以农业生产为主。随着生产力的发展和生产技术的提高，他们从刀耕火种发展到精耕细作。《阿

| 撒尼人的生产工具 |

诗玛》中提到的砍树、烧山、撒种、捡种等活动都是撒尼农业生产历史的反映。阿黑与热布巴拉父子之间较量的内容也包括大量狩猎和农耕方面的技能。

"山上的青松，
不怕吹邪风，
三颗细米不难找，
勇敢的阿黑难不倒。"

天黑的时候，
叫天子不叫，
野狗也不咬，
阿黑去把细米找。

走到远远的地方，
天色渐渐亮，
有个老人犁荞地，
犁铧闪银光。

"好心的老大爹，

请你告诉我，
我丢失了三颗细米，
应该到哪里去找？"

犁地老人亲切地回答：
"丢失锄头田里找，
丢失黄牛山上找，
丢失细米要去树上找。"

"山上叫三声，
山下叫三声，
山腰有一棵树，
树梢上站着三个灰斑鸠。"

"两个头朝东，
中间那个头朝西，
射下中间那一个，
细米就在它嗉子里。"

阿黑跑到树脚下，
弓满箭直射得快，

一箭斑鸠落下地，

嗉子里吐出三颗细米来。

今天，水稻、玉米、小麦、荞麦、燕麦等仍是撒尼彝区主要种植的农作物，而《阿诗玛》中就已有"九十九盆面，九十九甑饭"的记述：

"哥哥犁地朝前走，

妹妹撒粪播种紧跟上，

泥土翻两旁，

好像野鸭拍翅膀。

荞种撒下土，

七天就生长，

荞叶嫩汪汪，

像飞蛾的翅膀。

玉麦撒下土，

七天就生长，

叶子绿茵茵，

长得牛角样。"

这既是描写不同农作物的耕种和生长，也是以农作物做比喻，寓示阿诗玛的成长。

过去，撒尼人主要居住在土木结构的草房里，少部

撒尼人的农耕生活图景

撒尼杀猪饭

骨头参

路南乳饼

分居住在石板房、条子房、土掌房里。房屋多被设计成一户三间的样式，左边为灶房兼住宿，中间为客房，右边为牛圈，人畜同居，陈设简易。新中国成立后，撒尼人的居住条件和生活条件得到了改善和提高，尤其是20世纪80年代以后，大部分撒尼人都住进了砖木结构的瓦房，现代化的家电产品及交通工具也进入了撒尼人家。

撒尼人以大米、苞谷、荞麦等为日常主食，自家地里种的时令蔬菜、饲养的猪、鸡、羊是主要的副食来源，多以炒、煮、煎等方式加工食材。撒尼人喜食腊肉，每年春节各家各户都宰杀年猪，将肉分块，抹上食盐，吊挂在阴凉通风处制成腊肉。腊肉不仅是撒尼人的美食，而且是节庆、仪礼、待客等重要时刻的主要肉食。美味的骨头参也用年猪制成，它是将猪的排骨、肥肉炼出的油渣、猪内脏等一起剁碎，加入姜、葱、蒜、花椒、八角、辣椒、草果、食盐等配料搅拌均匀后，装入陶罐腌制，半个月后即可食用。乳饼形似豆腐，是用煮熟的羊奶加酸卤水点制而成。将其切片与火腿一起蒸制，便成了云南名菜火腿乳饼。卤腐是新鲜的豆腐配以食盐、辣椒、花椒、八角、姜、香油等调料腌制成的一种咸菜。撒尼人还善于用粮食酿造白酒、荞麦酒、甜酒等，既犒劳自己，也款待客人。

| 乳饼火腿 |

| 石林卤腐 |

麻是撒尼彝区的主要经济作物，十五岁的阿诗玛"麻团怀中夹，麻线机头挂，母亲来教囡，教囡来织麻。织

撒尼织麻

好一段布，颜色白花花，像尖刀草一样宽，像棉布一样密扎"。麻为撒尼人提供了珍贵的生活物资，是他们制作服饰的重要材料。虽然机织布料的服装早已进入撒尼人的生活，但撒尼人仍习惯使用古老的织布机织布，用传统工艺制作服饰。《阿诗玛》中唱道："梭子从昆明买，机架从陆良买，踏板索从曲靖买，做成了织布机一台。祥云的棉花好，路南的麻线长，织出一节布，给小姑娘缝衣裳。"农事之余，妇女们用麻纺线、织麻布，飞针走线、挑花绣朵，为家人和自己缝制喜欢的服装。

撒尼男子的上装是用麻布缝制的青色或灰色对襟

衣，外加蓝色或其他颜色的布镶边的对襟式无袖短褂，下装是黑色或蓝色宽裆裤，绣以图案和花纹，穿在身上大方、朴素。撒尼女子上衣多为绣有花纹图案的白色、浅蓝色右开襟高领长衫，领口和宽松的袖子用彩色花布或精美的刺绣镶边；背部披上一块以黑绒布作外壳的洁白羔羊皮；腰间系一块红色或黑色的围腰，围腰上绣着各种彩色图案和花纹；下着彩带镶边的蓝色或黑色等深色宽裆长裤，脚穿绣花布鞋。最引人注目的是她们头上的花包头。《阿诗玛》中唱道："绣花包头头上戴，美丽的姑娘惹人爱。绣花围腰亮闪闪，人人看她看花了眼。"这种花包头又叫"窝结"，由红、绿、蓝、紫、黄、白、

青七种颜色的细布条拼成一条七彩布，看起来就像彩虹一样。相传这是为纪念一对恋人，那对恋人死后化作七彩长虹，后人把它视为忠贞爱情的象征，便模仿彩虹做出花包头。花包头顶端与双耳垂直的两侧缀有一对三角形彩色绣花图案，好像"彩蝶"一般。花包头边沿还钉有银泡泡，后面坠一对串珠，末端系银铃须。走起来时银铃相互撞击，铮铮作响。花包头多为姑娘们亲手制作，既标志着姑娘的智慧和才

撒尼男子服饰

| 撒尼女子服饰 |

能，也是青年择偶的一个标准。姑娘有了心爱的人，就会取下一只"彩蝶"，作为信物送给他。所以当"彩蝶"直插时，代表青年们可以任意追求；当"彩蝶"横插，放平置于头顶时，说明女子已婚或者有了心上人。已婚妇女的花包头上不再缀有银泡泡和串珠，上衣颜色也由浅色转为深色，以示成熟与庄重。与传说中俊俏秀丽的

| 撒尼绣花布鞋 |

阿诗玛一样，至今，花包头仍是撒尼女子服饰的重要组成部分。

撒尼女子自幼学习刺绣、挑花，在一针一线的思量中，她们对于自然和生活的感悟不断增强，技能也渐渐累积。熟练掌握这项技艺后，她们无需描样、画线，便能游刃有余、胸有成竹，凭借聪明的头脑和丰富的想象力，用灵巧的双手，创作

|撒尼女子刺绣挑花|

|撒尼刺绣挑花成品|

出多彩的图案。这些图案并非凭空想象，而是源于生活。独具特色的山川地貌、风物特产，生活中常见的花鸟鱼虫，还有自然界的飞禽走兽，经过她们的描摹、提练、概括，精心构思，巧妙布局，成为变化多端、鲜艳夺目的图景。美雨花、太阳花、八角花等与花朵相关的图案代表了撒尼人追求美的心理及祈福的诉求。

撒尼人恋爱自由，婚姻自主。他们多在节日、赶集之时，或者在村中的公房里相识、相知、相恋。撒尼人的传统节日有三月三、火把节、密枝节、补年节、庆年节等。三月三是撒尼青年外出踏青，聚会寻觅伴侣的节日。六月二十四是撒尼人最盛大的节日——火把节。火把节一般持续三天。第一天全家欢聚，后两天则举行摔跤、赛马、斗牛、拔河等活动，晚上便开始篝火晚会，彻夜狂欢。十一月为期七天的密枝节，撒尼人要祭祀"密枝神"，祈求神灵赐予风调雨顺的好年景，保佑家人、朋友幸福安康。每逢节日到来，方圆几十里的撒尼青年们都会不约而同地来到活动地点，小伙子穿上心爱的麻布短褂，吹着竹笛；姑娘们头戴花包头，一路嬉笑追逐。竹笛和树叶是撒尼人交流感情的乐器。竹笛用粗细适宜、皮薄节长的竹子制作，长约一尺，七个眼，不贴竹膜。特别是小竹笛声音激昂活泼，似百灵鸟在唱歌。小伙子用竹笛吹奏出高亢、洪亮的曲调，姑娘则用一片树叶吹出婉转、优美的曲调来回复他。到了夜晚，月空之下，小伙子们弹拨着浑厚的大三弦，吹响清脆的短笛，伴随音乐的旋律，姑娘们脉脉含笑，跳起美妙的大三弦舞，乐声悠扬，舞步轻盈，好不欢乐！大三弦舞气氛热烈，情感丰沛，撒尼人说"是人不跳乐，白来世上活；听见三弦响，心喜脚板痒"。撒尼青年在节日和赶集场合认识后，如果双方都有好感，就可以相约晚上再见。这时，他们往往邀约若干伙伴一同前去，彼此进行深入了解。

公房是撒尼青年交流、交往的重要场所。公房是指男女青年按性别区分集体居住的地方。过去，撒尼人无论男女，到十四五岁后就不再与父母同住，而是约上几

| 石林火把节 |

| 火把节的火 |

| 撒尼密枝节祭祀仪式 |

撒尼密枝林

个要好且年龄相仿的同性伙伴到一处闲置的房屋里居住。男青年住的地方叫"男公房"，女青年住的地方叫"女公房"，人数没有规定。男女青年们只是晚上到公房住宿，白天都回到各自家中

撒尼密枝节
仪式歌

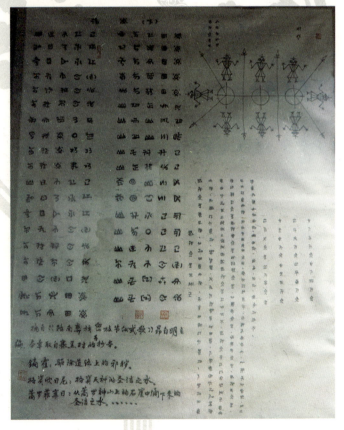

生活。每当夜幕降临，青年们便赶回公房，有时男青年们到女公房中拜访，男青年们弹起小三弦、月琴，吹起竹笛，拉起二胡，女青年们则吹响树叶，一起合奏动听的乐曲。情致高涨时，大家一同跳起三弦舞。之后，便转入唱歌阶段。公房里唱的歌大致可分为歌谣、叙事诗

| 撒尼三弦 |

| 撒尼大三弦舞 |

和情歌两大类。首先唱包括《阿诗玛》在内的叙事诗和歌谣，尽兴后才唱情歌——公房是《阿诗玛》传唱的一个重要平台。青年男女有了一定的感情基础后，男青年也可以邀请女青年到男公房玩耍。《阿诗玛》中就唱道："床头拿麻团，墙上拿口弦，到公房里去哟，公房是年轻人的乐园。"

唱歌、跳舞是撒尼人喜爱的娱乐方式，也是青年男女确定恋爱关系的重要途径。撒尼人的传统对歌活动可分为集体对歌和私下对歌两种形式。在公共场合下的对歌多唱述历史和生产生活知识等，私下对歌唱的多是情歌。情歌也可以在集体性的公开对歌中演唱，这时往往会形成竞赛的场面，一方唱罢，另一方马上登场，精彩纷呈，高潮迭起。但是，情歌对唱不允许老年人、未成年人以及有血缘关系的异性青年参加。知识性的歌一般歌词、曲调相对固定，而情歌虽然旋律是固定的，但是需要歌者随机应变，临场发挥，十分考验歌者的智慧、水平和能力。所以，歌唱得好的人会被撒尼人推崇和尊敬。关于撒尼人的大三弦舞，有这样一个传说：古时候，撒尼人居住在深山老林里，以刀耕火种的方式种植庄稼。每年播种时，头人就强迫穷人先种他们的土地，然后才准种自己的地。为抢节令，人们等不及地上的火完全熄灭，就赶紧点播种子。因为没有鞋穿，双脚被土烫得难受，人们只好每走三步就把脚抬起来蹬两下，两只脚轮转着走，有时还被烫得嘴里直喊"阿啧啧"。这种劳作的动作、言语、体态后来配上大三弦等乐器，便编成了大三弦舞，也称"跳乐"。可以说，撒尼人就是在歌唱和舞蹈中生活。

撒尼青年私下说定结为伴侣后，男青年就把自己的意愿告诉父亲或哥哥，再由父亲转告男青年的母亲和其他亲友。如果家人支持他的选择，便聘请一位媒人到女方家提亲。媒人一般是由族内能说会道、人缘较好的中老年人担任。媒人到女方家提亲多在晚上。第一次去先是交流感情，串门聊天，不谈正事；第二次去才开始提亲，谈话间媒人将介绍男方的优缺点，让女方考虑并接受。第三次去时，媒人要带上一瓶酒，补充介绍男方的情况，然后把酒留下，并观察女方的态度。隔上数天，第四次去时，双方都不用多讲话，假若女方把酒退给媒人，说明这门亲事告吹了；反之则说明这门亲事成了。再去的时候就是商量结婚日期、婚礼仪式等事情了。《阿诗玛》详细唱述了被重金聘请的海热前往阿诗玛家中做媒的情景，"格底海热帕，腋下夹酒瓶"的诗句记录了撒尼人说媒时以酒代言的习俗。

撒尼人选择结婚的对象注重的是感情基础，双方要情投意合才好。撒尼人的女儿阿诗玛直白而质朴地表示："会种田的人我才中意""真心的人我才喜欢"。

所以，即使热布巴拉家使尽诡计，也改变不了阿诗玛的心意。

撒尼人将结婚仪式称为

"喝酒"。旧时，一个人结婚要喝两次酒。第一次"喝小酒"，也就是定亲。男女双方在媒人撮合订下终身后，男方要请一次"小酒"。参加的人有女方的舅舅、伯伯、叔叔等比较亲近的长辈，宴席由媒人及男青年的兄弟等人操办。"喝小酒"仪式在夜晚举行。正式的婚礼称为"喝大酒"，多在农闲之

| 撒尼迎亲 |

| 撒尼婚礼 |

时选一个吉祥的日子在女方家举行。这天，新郎一行人身着盛装，在媒人的带领下组成迎亲队伍，队伍人数必须成双。他们肩挑箩筐，里面备满米、肉、菜、酒等婚宴所需用品，以及送给新娘的衣物和银饰等，在太阳西斜时分到达新娘家。当新郎一行人快到门口时，姑娘们从屋里将门顶得严严实实，故意把迎亲的人"拒"之门外，要迎亲的人与新娘家的唱歌能手对歌，直到她们满意为止。这段时间无论长短，小伙子们肩上的担子都不能落地，也不能换肩。待新郎一行人入门走进来的时候，姑娘们又把事先准备的锅烟子抹到他们脸上。即便迎亲的人奋力抵挡，但他们身压重担，不是姑娘们的对手，

只好乖乖就范。随后，"黑脸"的小伙子们高高兴兴地为婚宴忙碌起来。宴席隆重而丰盛。晚上，对歌比赛开始，上场的歌手都不是等闲之辈，一曲接一曲，通宵达旦，难分胜负。

撒尼人的婚宴要请两餐，即头一天的晚餐和次日的早餐。第二天早上的婚宴由新娘家操办，新郎一行人反客为主，坐席喝酒。小伙子们寻找着机会，报头一天被抹黑脸之"仇"。小伙子们与姑娘们在你抹我挡的往来嬉闹间，悄悄播撒了友情与爱情的种子。吃完午宴，由姑娘们组成陪新娘的队伍，与男方家来操办婚事的小伙子们一道将二位新人送回新郎家去，婚礼至此结束。

撒尼人结婚，新郎家要

送给新娘的父亲一瓶酒，送给新娘的母亲一蒲箩饭，送给新娘的哥哥一头牛，送给新娘的嫂嫂一束麻。《阿诗玛》中阿诗玛的爹妈不舍得把女儿嫁给热布巴拉家，他们这样讲唱：

"我嫁我的囡，

嫁得一瓶酒，

一瓶酒喝不得一辈子，

一辈子成人家的囡了！

留下来的呵，

是那一辈子喝不完的

伤心！

我儿来嫁妹，

嫁得一头牛，

一头牛使不得一辈子，

一辈子成人家的妹了！

留下来呵，

是那一辈子赶不走的

伤心！"

……

"我嫁我的囡，

嫁得一蒲箩饭，

一蒲箩饭吃不得一辈子，

一辈子成人家的囡了！

留下来的呵，

是那一辈子吃不完的

伤心！"

"我媳来嫁妹，

嫁得一束麻，

一绕麻绩不得一辈子，

一辈子成人家的妹了！

留下来的呵，

是那讲不尽的伤心！"

"儿孙满堂""多子多福""早得子早得福"是撒尼人传统的婚姻观念。一对夫妻如果婚后久不生育，家中就要为他们举行祭祀活动，祈求神灵赐予儿女。撒尼语把这种求子祭祀仪式叫作"智古"或（"智禄古""招古"或"招禄古"）。仪式由祭师毕摩主持，至少要杀一只鸡作为祭品。如若祭祀后一段时间还不见效果，还得重祭。不孕妇女也经常去一些祭祀场所烧香、敬神、祈子。

过去，一个撒尼村寨有好几处用来"智古"的地方。石林景区有两座屹立在山顶上的石峰，人们根据它们的形态特征将它们称为"石公公"和"石婆婆"，不孕夫妇会前往祭拜，虔诚祷告。撒尼妇女怀孕临产前也要举行"智古"仪式，以确保产妇和孩子的平安。《阿诗玛》中就记录了格路日明家和热布巴拉家通过祭神求得子女的情形。

孩子一出生，父亲就要抱着鸡到孩子的外婆家报喜。如果生的是男孩，就带上一只公鸡；如果生的是女孩，就带上一只母鸡。外婆得到消息，将早已准备好的米、红糖、鸡蛋等营养品，以及为孩子置办的衣物等整理妥当，在女婿陪同下，前去看望并照顾女儿和外孙。撒尼妇女坐月子期间，为了避免外人进门惊扰，常常在自家门上挂一顶篾帽作为提示，还要在门楣插上带有锐利刺尖的杖条和栎、松树枝等以示避邪。满月时，孩子

撒尼诞生礼俗

和母亲都要用薅枝等植物的茎叶煮水洗澡。

撒尼人非常重视孩子的出生，尤其是第一个孩子。因为这标志着孩子的父母已经成家立业，要承担起生儿育女的责任。孩子的起名仪式（俗称"祝米客"）在孩子满月后隆重举行。这次宴请很是隆重。如果邀请某一家的一个成员，全家都要赴宴。"祝米客"同样要请两餐，第一餐为头一天晚上的"迎

撒尼幼童头饰

客宴"，第二餐是第二天中午的"送客宴"。客人们送给主人家米、鸡蛋、腊肉和孩子的衣物等表示祝贺。如果来客路途较远，主人家还要为他们安排住宿。等到第二天午宴上，孩子的奶奶或外婆将孩子抱出来跟客人们见面。孩子来到哪一位客人面前，客人必须象征性地送一张纸币（面额不限）给孩子。当孩子被抱到年纪稍长或有智慧、有威信的人面前时，奶奶或外婆就请求他们为孩子赐名，并记下名字。转一圈下来，孩子便能得到不少名字。最后，由家中的主要成员和几位德高望重的老人一起在众多名字中筛选出一个名字。如果这些名字都不理想的话，他们便合议另起一个。经过反复协商做

出决定后，奶奶或外婆向众人宣布孩子的名字。"祝米客"至此完成。

《阿诗玛》中为"阿诗玛"起名的诗句就唱述了这一习俗：

满月那天早晨，
爹说要给我囡请请客人，
妈说要给我囡取个名字，
哥哥说要给我妹热闹一回。

这天，请了九十九桌客，
坐满了一百二十桌，
客人带来九十九坛酒，
不够，又加到一百二十坛。

全村杀了九十九头猪，
不够，又增加到一百二十头。

亲友预备了九十九盆面疙瘩饭，
不够，又加到一百二十盆。

妈妈问客人：
"我家的好囡取个什么名字呢？"
爹爹也问客人：
"我家的好囡取个什么名字呢？"

村中的老人，齐声说道：
"小姑娘就叫做阿诗玛，
阿诗玛的名字像香草。"

可爱的阿诗玛，
名字叫得响，
从此阿诗玛，
名声传四方。

诗作以夸张的手法描述了起名仪式的盛大，反映了撒尼人对生命礼仪的重视，体现了撒尼人对阿诗玛的宠爱。

撒尼人崇尚自然，信奉祖先，相信万物有灵，他们祭祀山石、祖灵、密枝等，祈求神灵保佑生产顺利，生命平安，这样的习俗一直延续到今天。

图书在版编目（CIP）数据

阿诗玛 / 王丹编著；林继富本辑主编. — 哈尔滨：黑龙江少年儿童出版社，2020.12（2021.8 重印）
（记住乡愁：留给孩子们的中国民俗文化 / 刘魁立主编. 第五辑，口头传统辑；一）
ISBN 978-7-5319-6557-2

Ⅰ. ①阿⋯ Ⅱ. ①王⋯ ②林⋯ Ⅲ. ①彝族－叙事诗－中国 Ⅳ. ①I222.7

中国版本图书馆CIP数据核字(2021)第004601号

记住乡愁——留给孩子们的中国民俗文化　　刘魁立◎主编

第五辑 口头传统辑（一）　　林继富◎本辑主编

阿诗玛 ASHIMA　　王　丹◎编著

出 版 人：商　亮
项目策划：张立新　刘伟波
项目统筹：华　汉
责任编辑：刘金雨　张　喆
整体设计：文思天纵
责任印制：李　妍　王　刚
出版发行：黑龙江少年儿童出版社
　　　　　（黑龙江省哈尔滨市南岗区宣庆小区8号楼 150090）
网　　址：www.lsbook.com.cn
经　　销：全国新华书店
印　　装：北京一鑫印务有限责任公司
开　　本：787 mm×1092 mm　1/16
印　　张：5
字　　数：50千
书　　号：ISBN 978-7-5319-6557-2
版　　次：2020年12月第1版
印　　次：2021年8月第2次印刷
定　　价：35.00元